AF388869

INSTITUT DE FRANCE.

ACADÉMIE DES INSCRIPTIONS ET BELLES-LETTRES

FUNÉRAILLES

DE

M. ARTHUR GIRY

MEMBRE DE L'INSTITUT

Le mercredi 15 novembre 1899.

DISCOURS

DE

M. ALFRED CROISET

PRÉSIDENT DE L'ACADÉMIE

MESSIEURS,

La disparition de ce confrère si savant, si droit, si parfaitement estimé de tous ceux qui l'approchaient, fait naître dans nos âmes une émotion d'autant plus douloureuse que son âge semblait permettre encore une longue carrière à son activité infatigable. Il nous appartenait depuis quatre années seulement. Il meurt en pleine maturité, laissant de grands travaux interrompus, brusquement enlevé à toutes les espérances et à toutes les affections qui s'attachaient à son talent et à sa personne.

Lorsque Arthur Giry se présenta aux suffrages de l'Académie, il se trouvait désigné depuis longtemps déjà par le mérite de ses travaux à l'attention des juges compétents, qui aimaient à louer en lui la variété des connaissances, une curiosité capable de s'exercer dans plusieurs directions différentes sans se disperser ni se gaspiller; une méthode prudente et sûre, beaucoup de bon sens, une clarté qui venait de ce bon sens même, une finesse discrète qui n'était encore qu'une forme et une parure de la raison.

Ce n'est ni le lieu ni le moment, Messieurs, de rappeler en détail les titres scientifiques d'Arthur Giry. Parmi ses nombreux travaux, quelques-uns ont pour objet la technique industrielle du moyen âge, qu'il avait étudiée avec une curiosité passionnée. Les plus importants et les plus connus, ceux qui ont établi et confirmé sa réputation, se rapportent aux institutions municipales de l'ancienne France et à l'art de la diplomatique. Il suffit de mentionner son *Histoire de Saint-Omer* et ses *Établissements de Rouen*, études solides et pénétrantes qui font mieux connaître tout un côté de notre histoire nationale; ses nombreuses dissertations sur des sujets relatifs à la critique des diplômes, et surtout ce *Manuel de diplomatique*, auquel l'Académie décerna le prix Gobert, et où Giry faisait servir ses rares qualités de professeur à exposer, avec une clarté supérieure, la théorie d'un art dont il possédait la pratique en perfection.

En parlant des qualités du professeur, je ne veux pas seulement faire allusion à son enseignement de l'École des

Chartes, qu'il ne m'appartient pas de caractériser. Mais je songe que pendant cinq ans, de 1881 à 1885, il a, le premier, donné à la Sorbonne l'enseignement des sciences auxiliaires de l'histoire, et qu'il l'y a, pour ainsi dire, enraciné. Je sais quelle action il exerçait sur ses élèves, devenus bientôt ses collaborateurs et ses amis, et comment, par l'ascendant naturel de sa ferme et honnête pensée, il savait grouper toute cette jeunesse autour d'une œuvre commune et l'y intéresser.

Fermeté, honnêteté, droiture, ces mots reviennent d'eux-mêmes quand on parle de Giry. Ce ne serait pas le faire connaître tout entier que de ne pas rappeler quelle chaleur de cœur, quelle délicatesse de conscience se cachaient sous des dehors qui pouvaient d'abord sembler un peu froids. Ce savant modeste, ami d'une studieuse obscurité, qui ne se trouvait nulle part aussi bien qu'à son foyer ou dans sa chaire, parmi ses livres, ses amis et ses élèves, était capable de tout sacrifier à ce qu'il estimait son devoir. D'honnêtes gens peuvent différer d'avis sur telle ou telle conception du devoir. Mais tous sont d'accord pour reconnaître qu'obéir à sa conscience, quoi qu'il en coûte, est le trait caractéristique des braves gens et des gens braves. Giry était de ceux-là. Il laissa aux siens le plus précieux des héritages, le souvenir d'un homme de qui ses adversaires mêmes, s'ils l'ont vraiment connu, n'hésiteront pas à dire : « Quand une chose lui paraissait juste, il la faisait bravement, à la française. »

DISCOURS

DE

M. PAUL MEYER

MEMBRE DE L'INSTITUT

DIRECTEUR DE L'ÉCOLE DES CHARTES

Messieurs,

C'est le cœur étreint par la douleur que je viens, au nom de l'École des Chartes, dire ce que fut le collègue et l'ami qui nous a été ravi par une mort prématurée. Nous avions eu les mêmes maîtres, que nous avons vus disparaître les uns après les autres. Nous avions travaillé ensemble, et les circonstances qui nous avaient, depuis plus de vingt ans, rapprochés, firent naître entre nous une amitié qui, de mon côté, se fondait sur l'estime que m'inspiraient l'élévation de son caractère et la distinction de son esprit. Sorti à 21 ans de l'École des Chartes, en 1870, Giry s'était d'abord senti attiré vers l'archéologie du moyen âge. Il entreprit l'étude d'une partie peu connue de cette science, celle des procédés industriels transmis par l'antiquité au moyen âge ; il projetait la composition d'un recueil où auraient été réunis les traités dans lesquels ces procédés étaient exposés. Pour en rassembler les éléments, il avait visité de nombreuses bibliothèques et fait, en collaboration avec de savants spécialistes, diverses études préparatoires. De tous ces travaux, il n'a guère publié que la notice sur un ancien traité *de coloribus et artibus Romanorum* qui fait partie des Mélanges Duruy (*Bibliothèque de l'École des Hautes Études*, 1878), et il avait depuis longtemps renoncé à mettre lui-même en œuvre les matériaux réunis au prix d'un long et patient labeur. C'est qu'en effet, peu après sa sortie de l'École, il avait abordé une nouvelle étude qui bientôt absorba toute son activité. Il avait présenté à l'École des Chartes une thèse sur le cartulaire de l'église Notre-Dame de Saint-Omer qu'il ne publia pas. Mais, en suite de ce travail, il fut amené à étudier les institutions municipales de la même ville, dont les riches archives n'avaient pour ainsi dire pas été utilisées jusque-là, et cette étude lui révéla tant de faits intéressants, lui suggéra tant d'idées nouvelles, qu'il crut nécessaire d'étudier concurremment les mêmes institutions dans mainte autre ville de la France septentrionale et de la Belgique. Son *Histoire de la ville de Saint-Omer et de ses institutions jusqu'au XIVe siècle*, présentée comme thèse à l'École des Hautes Études en 1875 et publiée en 1877, n'est pas le plus parfait de ses ouvrages, puisque c'est le premier, et cependant Giry y montre déjà un sens historique très large, une critique exercée, qui placent son livre bien au-dessus de la plupart des histoires locales qu'on possédait. Dans sa pensée, ce livre était comme le point de départ d'une histoire comparée des institutions municipales de la France septentrionale. L'influence de l'*Histoire de Saint-Omer* a été considérable : on en retrouve la trace en plusieurs monographies historiques dont les auteurs ont été les élèves de Giry. Au même ordre d'études se rattache son beau livre sur les *Établissements de Rouen* (1883-1885), sorti de son enseignement de l'École des Hautes Études où il professait depuis 1874, et qui, pour la sûreté de la critique et le soin des détails, est en progrès sur le précédent. C'est un livre plein de découvertes où l'on ne sait si l'on doit admirer davantage la solidité de la doctrine ou l'étendue de l'information. Giry n'épargnait point sa peine. Il ne se contentait pas des richesses que lui offraient les dépôts publics de Paris : il employait la plus grande partie de ses vacances, et aussi de ses économies, à des excursions paléographiques à travers les bibliothèques et les archives de la France et des pays voisins, toujours en quête de documents sur l'histoire des communes.

Rappelons encore que, dans la « Collection de Textes pour servir à l'étude et à l'enseignement de l'histoire » de la librairie Picard, il avait donné, en 1885, un recueil de *Documents sur les relations de la Royauté avec les villes de France de 1180 à 1314*. C'est une série de pièces bien choisies et savamment annotées.

M. Quicherat, qui connaissait bien ses élèves, avait de bonne heure distingué Giry, et l'avait enlevé aux Archives Nationales pour le placer auprès de lui, en 1878, comme secrétaire de l'École des Chartes. Cette nouvelle situation, en laissant à notre confrère environ trois mois de vacances, fut très favorable à ses travaux. Sans interrompre ses recherches sur les institutions municipales, il put entreprendre, à l'École des Hautes Études, avec le concours de ses meilleurs élèves, de dresser les catalogues des actes des princes carolingiens, se réservant pour tâche personnelle le règne de Charles le Chauve. Il reprenait ainsi la tradition de ces études diplomatiques, qui, nées en France, et développées en Allemagne, avaient été un peu délaissées chez nous. Le brillant exemple donné en 1856 par M. Delisle dans son *Catalogue des actes de Philippe-Auguste* n'avait pas eu beaucoup d'imitateurs. Par suite de ces nouvelles études. Giry se trouva posséder la compétence nécessaire pour enseigner certaines des parties les plus difficiles de la diplomatique, lorsque M. de Mas Latrie, voyant s'approcher l'heure de la retraite, le choisit pour son suppléant, en 1884. L'année suivante, Giry était nommé titulaire de la chaire de diplomatique. Ce fut pour lui une grande joie, et pour celui aussi qui vous parle, qui savait avec quelle conscience le nouveau professeur s'acquitterait de sa tâche. Et cependant j'ai maintenant le sentiment que cette promotion si désirée et si méritée nous a fait perdre des travaux du plus haut intérêt. Giry donna un enseignement tout à fait supérieur. Il a remis chez nous la diplomatique en honneur; il a publié sur cette branche de la science un *Manuel*, justement récompensé par le premier prix Gobert, qui, malgré quelques imperfections faciles à corriger en une seconde édition, rend chaque jour les plus grands services aux étudiants et aux savants. Il a formé des élèves capables de continuer son œuvre. Ce sont là de grands résultats. Mais, pour les obtenir, il a fallu que notre collègue, tout entier à ses nouveaux devoirs, abandonnât pour un temps (il le croyait du moins, mais c'était pour toujours) les études proprement historiques qu'il avait poussées si loin et dont il n'a publié que la moindre partie. Une fois seulement, en 1888, il revint à ses anciens travaux, pour publier, en tête d'un recueil de documents tirés des archives de Saint-Quentin, sa belle étude sur les origines de la commune de cette ville.

En ces dernières années, son *Manuel* publié, et depuis qu'il avait obtenu, par son entrée à l'Institut, le suprême honneur réservé aux savants, Giry consacrait le meilleur de son temps au recueil des actes de Charles le Chauve que doit publier l'Académie des Inscriptions. Espérons que son travail, déjà avancé, pourra être prochainement terminé et mis au jour. Il fera honneur à l'Académie comme à son auteur. Giry était en progrès constant : il ne perdait rien de ce qu'il avait acquis et acquérait toujours, de telle sorte qu'on ne peut dire que l'œuvre considérable qu'il a laissée donne sa pleine mesure.

Giry n'avait pas seulement les qualités propres de l'érudit. Il en avait de plus hautes et de plus rares. Il était doué d'une exquise sensibilité qu'il ne faisait guère paraître, mais qui se laisse voir en quelques endroits de son admirable notice sur Jules Quicherat et dans les discours qu'il a prononcés en des circonstances semblables à celle qui nous réunit ici. Il avait, en politique et en religion, des idées très fermes, dont il ne faisait point étalage. Il aurait craint de blesser tels de ses amis en exprimant

devant eux des opinions qu'ils auraient pu ne pas partager.
On le savait et on l'en estimait davantage. Mais lorsqu'une
circonstance grave exigeait qu'il se montrât à découvert,
il forçait sa nature, et, sans attaquer les personnes, il
savait dire hautement ce qu'il croyait être la vérité. Il le
fit bien voir, quand, à l'occasion d'un procès célèbre, on
lui demanda un témoignage libre et impartial. Il ne con-
sulta que sa conscience. Il ne chercha pas à savoir qui
serait avec lui ni qui serait contre lui, et prit, en pleine
indépendance, une résolution décisive. N'ayant à espérer
d'autre approbation que celle d'un petit nombre de personnes honnêtes et clairvoyantes, résigné d'avance au
blâme et aux clameurs des autres, il apporta devant les
cours de justice l'autorité de sa parole honnête et véri-
dique. En cette circonstance, comme jadis en 1870, il fit
son devoir avec courage et simplicité.

L'accomplissement de ce devoir lui coûta la vie. Nous
savons que c'est à Rennes qu'il prit le germe de la maladie
à laquelle il a succombé.

Il nous a quittés en pleine activité, frustrant les espérances que faisait concevoir un talent toujours grandissant.
Il laisse à sa famille éplorée un nom honoré, à ses amis et
à ses élèves le bel exemple d'une vie consacrée au culte de
la science et de la vérité. Inclinons-nous, Messieurs, devant
une affliction pour laquelle il n'est point de consolation.

DISCOURS

DE

M. GABRIEL MONOD

MEMBRE DE L'INSTITUT

AU NOM DE L'ÉCOLE DES HAUTES ÉTUDES

Messieurs,

La mort d'Arthur Giry est pour l'École des Hautes Études un deuil de famille. Non seulement il s'était acquis l'estime et l'affection de tous ses collègues par la noblesse de son caractère et ses rares qualités intectuelles et morales, mais toute sa vie de savant et de professseur s'est trouvée associée à la vie même de notre École. Il y est entré comme élève l'année de sa fondation, en 1868 ; il y prit part jusqu'à la fin de 1873 aux travaux de la conférence d'histoire. Dès 1874, il était appelé à y enseigner, et je crois pouvoir dire que, pendant les vingt-cinq années qui se sont écoulées depuis lors, son enseignement des Hautes Études a été le centre et la source principale de son activité scientifique. Ce n'est pas qu'il l'absorbât toute ; car cet infatigable travailleur suffisait à une foule de tâches. Successivement archiviste aux Archives Nationales, secrétaire de l'École des Chartes, chargé de conférences à la Faculté des Lettres, professeur de diplomatique à l'École des Chartes, il trouvait encore le temps, tout en composant d'importants ouvages d'érudition, d'être un des collaborateurs et des directeurs de la *Grande Encyclopédie,* et de prendre une part active à la publication d'une Collection de textes historiques et à la direction de la Société de l'École des Chartes. Mais ce sont ses cours des Hautes Etudes qui ont fourni la trame continue de son œuvre de savant et de professeur ; c'est là que se sont dessinées d'abord les phases successives de son activité intellectuelle, c'est là qu'il a exercé sur ses élèves l'influence la plus profonde et la plus féconde. De 1874 à 1878, il s'occupa exclusivement dans ses conférences de l'histoire des institutions municipales ; de 1878 à 1886, il fit marcher de front l'histoire municipale avec des exercices de diplomatique auxquels l'avait amené l'étude des chartes municipales, royales et féodales ; à partir de 1886, les travaux de diplomatique le conduisirent à entreprendre avec ses élèves ou à leur faire entreprendre des études critiques sur les règnes des princes carolingiens et capétiens. Il apportait à cet enseignement, dont son zèle multipliait les heures hors de toute proportion avec son maigre traitement, et pour lequel il faisait chaque année des explorations dans les archives provinciales, une ardeur qui ne se lassait jamais, et qu'il communiquait à tous ses élèves. Il était un excitateur d'idées et un entraîneur d'hommes ; et en même temps il était un éducateur et un modérateur des intelligences. Il alliait la méthode la plus rigoureuse et la plus prudente à l'esprit de recherche et de découverte le plus ingénieux et le plus pénétrant. Aussi combien féconds ont été ces travaux de l'École des Hautes Études et pour lui-même et pour ses élèves et collaborateurs ! Par ses ouvrages sur les institutions municipales de Saint-Omer, de Saint-Quentin, de Rouen, il substituait à la classification toute géographique et extérieure des constitutions urbaines donnée par Augustin Thierry une théorie vivante qui en expliquait le développement historique ; et en même temps il formait une véritable école de jeunes érudits, Flammermont, Delaville Le Roulx, Farges, Prou, Brutails, Lefranc, Labande, et bien d'autres, qui s'occupaient avec ardeur de l'étude de nos vieilles communes. De ses conférences de diplomatique devait sortir son beau *Manuel de Diplomatique;* il préparait une *Histoire de Charles le Chauve*, il recevait de l'Académie des Inscriptions, qui l'avait élu en 1896, la mission de diriger la publication des diplômes carolingiens ; et en même temps ses élèves préparaient sous sa direction des histoires critiques des règnes de Charles le Simple, de Louis IV, de Lothaire, de Louis V, de Charles IV. L'enseignement de Giry, si déplorablement arrêté au moment où il avait acquis la pleine maîtrise dans les disciplines qu'il enseignait, laissera une trace profonde dans l'histoire de l'érudition française.

Ce qui achevait de donner toute sa force et toute son efficacité à cet enseignement, c'est que Giry n'était pas seulement un savant de premier ordre, il était aussi un

homme de cœur et un homme de bien ; à l'ascendant du
maître se joignait chez lui l'attrait de l'homme et de l'ami ;
si l'on travaillait si bien pour lui et avec lui, c'est qu'il
aimait et se faisait aimer. Ce qu'étaient pour lui ses élèves,
ceux qui ont entendu, ici même, il y a peu d'années, l'adieu
qu'il adressa à André Réville, enlevé dans la fleur de l'âge,
du talent et du bonheur, en ont eu la pleine révélation.
Ajouterai-je que l'austère simplicité de sa vie, ce qu'on
savait ou qu'on devinait des affections profondes et pures
qui la remplissaient, donnait encore à sa personne et à sa
parole une autorité pleine de charme ? Enfin, ce qui com-
plétait Giry, ce qui lui assurait un irrésistible ascendant
sur les jeunes gens sensibles à la vraie valeur morale, c'est
qu'il y avait en lui, sous des dehors d'une réserve discrète,
à côté du maître savant, de l'ami fidèle, de l'homme de
famille d'une tendresse exquise, un citoyen à l'âme stoïque
et enthousiaste. Toutes les fois qu'il y avait un devoir
patriotique à remplir, Giry était prêt à tous les sacri-
fices. En 1870, il fit bravement son devoir sur la Loire
comme capitaine de mobiles. Le courage qu'il avait mon-
tré sur les champs de bataille, il le montra aussi dans la
vie civile. Qu'il s'agît de venir au secours de chrétiens
martyrisés en Orient par le fanatisme musulmann, de
pauvres sauvages païens ou musulmans opprimés par la
brutalité et la rapacité des Européens, ou d'israélites
victimes d'aveugles préjugés de religion et de race, il était
toujours sur la brèche, au Comité des Arméniens, au Comité pour la protection des Indigènes, à la Ligue des
Droits de l'Homme, pour rappeler à la France sa mission
d'apôtre de la justice et du droit. Et quand il crut voir

la France faillir à sa mission, il lui sembla que tout
s'écroulait en lui et autour de lui et que les raisons mêmes
de vivre allaient lui manquer. Quand il entendit incri-
miner non seulement le patriotisme, mais même le désin-
téressement de ceux qui, avec lui, avaient mis en péril leur
situation, leur repos et leur sécurité pour rendre témoignage à la vérité, il sentit ses forces l'abandonner.

Comme son condisciple et confrère Charavay, qu'il devait suivre de si près dans sa tombe, après avoir accompli
courageusement, dignement, dans le prétoire de Rennes,
son devoir de citoyen et de savant, il rentra à Paris
malade, brisé, frappé à mort. Il fut courageux devant la
mort comme il l'avait été dans la vie et il employait les
moments de lucidité que lui laissait la maladie à dire aux
siens sa tendresse et à les exhorter à la résignation. Elle
nous est difficile, car nous avons perdu en lui un ami in-
comparable, un homme aussi indispensable à nos travaux qu'il l'était à sa famille ; mais nous trouvons pourtant
une consolation dans la pensée de tout ce qu'il a fait et
de tout ce que nous avons reçu de lui ; il laisse après lui
une œuvre durable, et il continuera à agir parmi nous par
ses écrits, par son souvenir et par son exemple.

ALLOCUTION

DE

M. PAUL VIOLLET

MEMBRE DE L'INSTITUT

AU NOM DU COMITÉ DE PROTECTION ET DE DÉFENSE
DES INDIGÈNES

MESSIEURS,

Le Comité de protection et de défense des indigènes
perd en Arthur Giry un de ses fondateurs en même temps
qu'un de ses membres les plus dévoués.

Le dernier acte public de la vie de Giry a été une signa-
ture donnée sur le lit de mort ou, pour parler plus exacte-
ment, l'envoi d'un nom, car déjà Giry n'avait plus la force
de signer. Qu'était cette manifestation suprême? Un appel
au sentiment d'humanité, une protestation en faveur de
ces hommes malheureux que d'autres hommes traitent
comme un vil bétail et spolient sans scrupule. Appel
et protestation signés de Français dont les convictions
religieuses, les opinions philosophiques, les doctrines

politiques diffèrent profondément, mais qu'unit intime-
ment cette pensée commune : Justice pour tous; Respect
du droit des gens pour tous; Humanité pour tous!

Giry était au premier rang de ceux qui, en ces temps
troublés, ne sacrifient rien de leurs convictions person-
nelles et savent néanmoins se faire par leur caractère res-
pecter et aimer de tous. Je dirai plus : il était de ces
hommes rares qui savent grouper en une pensée et une
action communes ceux qui par ailleurs sont en lutte de pensée et en rivalité d'action.

Il restera toujours parmi les hommes un fonds commun
de vérité, de probité et de bonté assez large et assez
vaste pour servir de lien puissant et très efficace entre
ceux que dans une langue trop grossière nous appelons
des adversaires.

Dieu, j'en ai la confiance, reçoit dans l'autre monde
tous les bons, les charitables et les sincères, tous les justes.

Paris. — Typographie de Firmin-Didot et Cⁱᵉ, impr. de l'Institut, rue Jacob, 56. — 38586.